DISCOURS

PRONONCÉS

DANS L'ACADÉMIE

FRANÇOISE,

Le Jeudi 30 Mai M. DCC. LIV.

A LA RECEPTION

DE M. DE BOUGAINVILLE.

L'IMMORTALITE

I0548723

A PARIS,

Chez B R U N E T, Imprimeur de l'Académie Françoife,
rue S. Jacques.

M. DCC. LIV.

M. DE·BOUGAINVILLE *ayant été élû par Messieurs de l'Académie Françoise, à la place de feu M.* NIVELLE DE LA CHAUSSE'E, *y vint prendre séance le Jeudi trente Mai* 1754, *& prononça le Discours qui suit.*

MESSIEURS,

JE chercherois en vain des expressions qui répondissent aux sentimens qu'excitent en moi ce jour, ce lieu & la place que j'y viens occuper. Il me suffira de vous avouer que dans ce moment même, où je touche au terme glorieux auquel j'aspirois, je me trouve malgré moi plus disposé à me reprocher l'indiscrétion de mes desirs, qu'à jouir du succès qui les a comblés. Je reconnois aujourd'hui que les graces justement méritées, sont les seules qui puissent répandre dans l'ame une joie pure & sans mélange ; parce qu'au plaisir de les

A

avoir obtenues, se joint la satisfaction délicate, ou d'avoir eu des titres pour y prétendre, ou de sentir en soi des ressources pour les justifier.

Quels étoient donc mes titres pour oser concevoir l'espérance d'être un jour admis dans cet auguste Sanctuaire, où le Petit-Fils du grand Condé vient confondre ses lauriers avec ceux du Neveu du grand Corneille ; où l'Homme de Lettres & l'Homme d'Etat sont unis entre eux par les liens de l'estime & de l'égalité ; où le Héros, que sa valeur rend cher à la Patrie, marche à côté de l'Ecrivain dont la plume peut immortaliser ses exploits; où je vois le Goût joint au Génie, l'Esprit au Savoir, les Talens aux Dignités ? Quels talens, du moins, au défaut de tout ce qui me manque d'ailleurs, aurai-je à vous offrir, pour contribuer à réparer la perte que vous venez de faire, & que le Public partage avec vous ?

La mort, en vous enlevant M. de la Chaussée, a privé l'Académie, le Théâtre François, la Société, d'un auteur ingénieux & sage, d'un poëte citoyen dont les Drames intéressans ont annobli la Scène Comique, & fait rentrer Thalie dans des droits qu'elle avoit laissé prescrire depuis long-temps. Admirateur de l'inimitable Molière, il tendit au même but que lui par une route différente. Il étudia, dans l'école de ce grand Maître, les régles de l'art; mais il n'en copia ni le ton ni la manière. Il voulut comme lui que ses ouvrages fussent des leçons utiles & de fidèles tableaux : mais au lieu de peindre ces travers passagers, qui seroient aujourd'hui des défauts trop peu séduisans, pour être contagieux, il réserva son pinceau pour ceux dont la source est dans des abus accrédités par le préjugé, ou dans des vices consacrés par la mode. Les hommes de son siècle lui parurent assez éclairés, pour n'avoir plus besoin d'être avertis des ridicules grossiers que la malignité saisit d'elle-même, & que l'amour propre évite : mais, en souhaitant qu'ils devinssent meilleurs, il pensa qu'un des plus sûrs moyens de leur faire aimer la vertu, étoit de la leur montrer sous des images touchantes, & dans des situations à peu près semblables à celles qui se répétent tous les jours sur la scène ordinaire de la Société.

Vous reconnoissez, Messieurs, le fonds sur lequel travailla constamment M. de la Chaussée. Son cœur l'avoit guidé dans son choix ; & les ressources de son esprit firent valoir le mérite du genre qu'il avoit choisi.

Les gens du monde, juges nés des ouvrages de cette espèce, ont donné de justes applaudissemens à des pièces bien écrites, dont l'objet est d'inspirer aux hommes le goût d'une morale bienfaisante, & de les convaincre par le sentiment, que le Devoir est le fondement du bonheur. Des caractères aimables & vertueux y jettent un interêt noble, soutenu par l'élégante facilité du style, & par la régularité de l'ordonnance. L'action simple & conduite avec art, améne un dénouement presque toujours heureux. Le spectateur, tantôt saisi d'admiration, tantôt ému de tendresse, sort en mesurant

A ij

le degré d'eſtime qu'il ſe doit à lui-même ; ſur
le degré du plaiſir qu'il a reſſenti ; plaiſir, dont
l'impreſſion douce & pure s'étend à ſes mœurs ;
parce qu'elle lui eſt communiquée, par des perſon-
nages, qu'après le ſpectacle il retrouve dans le
monde, ſous les noms de ſes amis, de ſes pareils,
de ſes rivaux. Comme leur ſphère eſt la ſienne, il
ſe ſent capable d'atteindre à leurs vertus : comme
il ne leur arrive rien qu'il ne puiſſe éprouver, il
s'approprie leur expérience, il apprend d'eux à ſe
garantir des mêmes écueils. Convaincu par leur
exemple que la dignité des ames eſt indépendante
de celle des rangs, il reconnoît qu'il n'eſt point
d'état, d'où l'on ne puiſſe aſpirer à l'héroïſme ;
parce que ce n'eſt ni l'éclat des titres, ni la pom-
pe de l'appareil, mais la grandeur de l'effort & la
nobleſſe du motif, qui conſtituent le mérite d'une
action.

Si l'imitation des mœurs fait l'eſſence de la Comédie, l'objet en eſt rempli dès qu'on a tiré de nos
mœurs imitées fidèlement, des modèles capables
de les épurer ; & c'eſt ce que M. de la Chauſſée a
fait avec ſuccès. Les ſuffrages du Public ont dé-
fendu ſes Pièces contre l'intolérance de quelques
cenſeurs excluſifs, qui prétendoient en proſcrire
le genre, les uns comme irrégulier, les autres comme nouveau. On a pû répondre aux premiers, que
ce genre ne s'écarte point des règles, puiſqu'il eſt
dans la nature ; aux ſeconds, qu'il eſt ancien, que
l'auteur de l'Andrienne l'a connu, & que peut-
être le devons-nous au réformateur de la Comédie

Grecque. En le faifant revivre de nos jours, M. de la Chauffée a l'honneur de l'avoir introduit & fixé pour jamais fur la Scène Françoife, à laquelle on peut dire qu'il appartient plus qu'à toute autre, par le rapport qu'il femble avoir avec le caractère de la Nation.

Ainfi s'eft vérifié le préfage du grand Corneille, qui ne doutoit pas que ce genre, felon lui, plus utile aux mœurs que la Tragédie même, ne dût réuffir entre des mains habiles. Heureufe en effet la Société, où les Mélanides & les Conftances, où les Ariftes & les Cénies feroient le grand nombre! Plus heureufe encore celle dont chaque membre trouveroit au fonds de fon cœur l'éloge de pareils ouvrages! Socrate les eût eftimés : Platon, l'ennemi des Poëtes, en eût admis l'auteur dans fa République.

Cet auteur eftimable, qu'un Philofophe légiflateur auroit jugé digne des plus flatteufes diftinctions, eft l'académicien que vous avez perdu; & pour tout dédommagement, MESSIEURS, je n'ai que de foibles effais à vous préfenter.

Cependant, lorfque je me fais juftice, je dois vous la rendre. Si les fuffrages de tant de Juges éclairés fe font réunis en ma faveur; ce n'eft pas à moi, c'eft à la favante Compagnie dont j'ai l'honneur d'être l'hiftorien, qu'ils ont prétendu donner ce témoignage éclatant d'eftime. L'Académie des Belles-Lettres tient de vous fon origine : elle a part à votre gloire; la fienne rejaillit fur vous; & l'intérêt que vous lui devez ne vous permettoit

pas de voir long-temps avec indifférence sa réputa-
tion & ses travaux confiés à la plume d'un écri-
vain, étonné lui-même d'être, auprès du Public,
l'organe d'un des premiers Corps littéraires de
l'Europe. Pour me mettre en état de mieux remplir des fonctions supérieures à mes forces, vous
avez cru devoir prendre sur vous le soin de me
former. Déja plusieurs d'entre vous, MESSIEURS,
ont illustré la carrière que je parcours. J'apprendrai
d'eux ce que je dois faire, pour suivre d'aussi près
leurs pas, qu'ils ont eux-mêmes suivi ceux de M.
de Fontenelle, à qui son histoire de l'Académie des Sciences assure, plus encore que ses autres
écrits, l'admiration de la Postérité.

S'il m'étoit permis de l'interroger, cet homme
rare, que le siècle de LOUIS XIV & le nôtre
se disputeront un jour, sur l'idée qu'il se forme de
l'Académie Françoise; il me répondroit, comme
fit autrefois le sage Nestor, à qui la voix publi-
que se plaît à le comparer, que *vos ancêtres*, *ses*
premiers contemporains, *ont été de grands hommes :*
mais il ajouteroit que ces grands hommes revivent
dans leurs Successeurs.

Oui, sans doute, l'Académie contient en elle-
même le principe d'une immortalité qui perpétue
dans son sein le talent & le goût. Les différentes
espèces de mérite peuvent y varier; le mérite de
tout est presque toujours égal. S'il s'agissoit de
faire entre deux siècles un parallèle raisonné; le
nôtre, sans entrer dans un détail où la plûpart de
ceux que je vois ici pourroient se reconnoître;

le nôtre à des Chefs-d'œuvres qu'il peut oppofer avec confiance à ceux de tous les âges.

Mais j'ofe préfumer que déformais on s'atta- chera moins à ces comparaifons, tant de fois re- battues, entre des temps que nos neveux confon- dront fous la même époque. Le fiècle de L O U I S X I V eft immortel, comme fa Poftérité : ainfi qu'Elle, il fe reproduira d'âge en âge, pour le bonheur de la France. Eh! comment le flambeau du Génie, ce feu que les anciens dérobèrent à la Nature, & qui, long-temps caché fous les cendres précieufes de l'Antiquité, s'eft rallumé pour nos Pères, auroit-il pû s'éteindre; tandis qu'au fonds de ce temple, le Goût veille pour l'entretenir ?

Le dépôt vous en fut confié, MESSIEURS, dès le temps où Richelieu profitant de la révolu- tion que deux hommes à jamais mémorables, cau- foient dans les efprits, forma le projet de votre établiffement. Defcartes apprenoit alors aux hom- mes à penfer avec jufteffe, en leur apprenant à mettre dans leurs idées un ordre qu'ils ne con- noiffoient plus ; & pendant qu'il les éclairoit, Corneille, par la fublimité du vol qu'il avoit pris, leur enfeignoit à s'élever. Tel eft le privilège des Génies fupérieurs : efpèce de Souverains dans l'or- dre des Intelligences, ils partagent avec les Maî- tres du monde, cette influence active que le pou- voir fuprême exerce fur la deftinée des fiècles. Defcartes & Corneille imprimèrent aux efprits un mouvement rapide qui les ébranla, les rendit féconds, y répandit la chaleur & la vie, leur fraya

les sentiers jusqu'alors inconnus du Vrai, du Beau,
les porta vers ces deux objets par un effort commun ; & ce fut pour accélérer ce mouvement,
pour en prolonger l'action, pour la diriger selon
les loix invariables du Goût, que Richelieu fonda
l'Académie Françoise.

Richelieu, plus grand que sa fortune & digne
de sa renommée, aima les Lettres, parce qu'il ai-
moit la gloire & sa patrie. La splendeur de la Lit-
térature Françoise entra, comme un moyen essen-
tiel à ses vûes, dans le plan que sa politique con-
çut pour l'honneur du royaume , & que son cou-
rage exécuta. Il voulut que tranquille au dedans,
formidable au dehors, soumise & chère à ses rois,
supérieure à ses rivaux, respectée de l'Europe, la
France à la fois savante & guerrière devint le
séjour de la politesse & des arts. Il voulut qu'un
peuple que ses soins avoient déja mis en état de
tout entreprendre, sût écrire & parler, comme il
sauroit agir. En étouffant les factions , en faisant
expirer la Discorde aux pieds du Thrône raffermi
par sa main puissante , Armand pressentit que le
calme durable qu'il rendoit à l'Etat, hâteroit le
progrès des Lettres devenues une occupation né-
cessaire à l'activité Françoise. Il vit toutes les rou-
tes de l'esprit ouvertes à la fois, toutes les sciences
cultivées avec ardeur; & malgré la diversité, malgré l'opposition même des objets d'étude, il com-
prit que les Savans, dans quelque genre qu'ils le
fussent, pouvoient & devoient se rapprocher sous
le titre commun de bons écrivains, parce que l'art

d'écrire

d'écrire s'étend à tous les genres. Mais il prévit aussi que l'instant où notre Langue toucheroit à la perfection, seroit celui de sa décadence, si l'on ne saisissoit pour la fixer cet instant même ; point difficile a saisir, & que César avoit manqué pour celle des Romains. Enfin, il connut que bientôt digne de recevoir ce caractère de stabilité, elle ne pourroit ni l'acquérir, ni le conserver que par les travaux assidus d'un Corps tel que le vôtre, qui, tout ensemble interpréte de l'Usage & dépositaire de l'Analogie, pût en prévenir l'altération par ses arrêts, en maintenir la pureté par ses écrits.

Les pressentimens du Génie sont des oracles. Richelieu obéit au sien : Vous nâquîtes ; & les Lettres ont vu renaître l'âge d'or. L'établissement de l'Académie Françoise a préparé les merveilles littéraires du règne de LOUIS XIV ; de ce règne éclatant, que l'Eloquence & la Poësie célébrèrent tant de fois, & qu'ont illustré tant d'hommes supérieurs, animés par l'estime d'un Souverain qui les connut & les employa.

Grand Prince, qui possédâtes le plus noble & le plus difficile de tous les arts, l'art de régner ; Roi, digne d'avoir pour généraux Condé, Turenne & Luxembourg, Colbert & Louvois pour ministres, Racine & Boileau pour historiens, je ne prétends pas à l'honneur de vous louer : mais j'ai droit de vous rendre hommage ; c'est le droit, c'est le devoir de tous ceux qui cultivent les Lettres. Elles ont fleuri par vos bienfaits : Vous avez regardé les soins que

vous leur donniez, comme un appanage du rang
suprême : Vous avez adopté l'Académie Françoise ;
& le titre de son Protecteur, revendiqué par Vous
à la mort d'un de vos Sujets, appartiendra désor-
mais à la Souveraineté. Vous l'avez transmis à votre
auguste Successeur, avec les noms glorieux de
Père de la Patrie, d'Arbitre & de Bienfaiteur du
monde, qu'il s'est rendu personnels, en les méri-
tant comme vous.

Que n'a pas fait pour les Lettres le digne
Héritier du Sceptre & des vertus de Louis le
Grand ? Toutes les années de son règne se-
ront un jour des époques dans les fastes de la Lit-
térature. On l'y verra soutenir les établissemens
de son Bisaïeul ; achever les uns ; donner aux autres
une forme plus solide, & qui les rend plus utiles ;
en former de nouveaux dans les mêmes vûes ; fon-
der des Ecoles pour le Génie, la Marine, l'art
militaire ; protéger tous les arts, encourager tous
les talens ; récompenser en roi toutes les décou-
vertes qui intéressent la Société. Et pour continuer
le parallèle, ou plutôt pour marquer le point où
il cesse peut-être (l'oserai-je dire ici ?) où il cesse
d'être parfaitement exact, que n'a-t-il pas fait
pour donner la paix à l'Europe ?

Vous vous en souvenez, MESSIEURS, & nos
Neveux l'apprendront avec étonnement, cette
paix fut l'ouvrage de la modération d'un Prince
jeune, heureux & vainqueur, qui sut borner ses
propres succès, résister à sa fortune, se défendre
contre l'abus du pouvoir, qui fait dégénérer les rois

en conquérans. Rare exemple de ce que l'humanité peut fur une ame héroïque ! C'eſt cette vertu
modeſte & ſublime qui ſert en lui de baſe aux autres vertus. Elle anime ſes actions ; elle préſide à
ſes Conſeils, & fait du plus grand des Monarques,
le meilleur & le plus heureux des Pères. Puiſſent
ſes jours , remplis comme ceux de Titus, ſurpaſſer
en nombre les jours réunis d'Auguſte & de Louis
le Grand ! C'eſt le vœu de toute la France ; c'eſt
le vœu de toute l'Europe.

Réponse de M. le Duc de Saint Aignan, *au Discours de M. de* Bougainville.

Monsieur,

Quoique je sente parfaitement tout ce qui me manque, pour remplir à mon gré la fonction dont je suis chargé ; je ne me plaindrai point du sort qui me l'impose pour la première fois. Peu s'en faut même que je ne m'en applaudisse, par la satisfaction que mon amitié pour vous me fait trouver, à vous introduire dans ce temple des Muses, où des succès prématurés vous marquoient depuis long-temps une place. Vous y acquîtes surtout un droit bien légitime, lorsque l'Académie des Belles-Lettres, peu d'années après vous avoir adopté, vous déféra l'emploi de son Sécretaire perpétuel ; sans que votre âge pût balancer l'opinion qu'on avoit de vos talens.

Et quel préjugé, Monsieur, en votre faveur, que d'avoir mérité pour un semblable choix, l'aveu de M. de Boze, qui avoit fourni la même carrière avec tant d'honneur ! Qu'il me soit permis de payer ici un juste tribut à la mémoire d'un homme si digne de tous les regrets des deux Compagnies, auxquelles il fut également cher. Un savoir profond, un style pur & correct, une

connoiſſance de l'Antiquité, ſi étendue que les ſiè-
cles les plus reculés lui étoient auſſi préſens que le
nôtre, un goût toujours ſûr , tant de ſujets de Médailles, tant d'Inſcriptions & de Deviſes heureu-
ſes, tant d'écrits utiles, lui aſſignent pour jamais un
des premiers rangs dans les annales de la Litté-
rature. Tel étoit celui dont les fonctions vous ont
été confiées. La publication de pluſieurs volumes
de l'hiſtoire de l'Académie des Belles-Lettres , a
déja mis l'Europe ſavante en état de juger du zèle
avec lequel vous vous en acquittez dans la partie
la plus intéreſſante : je parle de la rédaction des
Mémoires ; genre de compoſition qui demande
autant de juſteſſe d'eſprit que de variété de con-
noiſſances, autant de préciſion que d'élégance de
ſtyle, & dans lequel il étoit devenu plus difficile
encore de réuſſir, depuis qu'on avoit connu la perfection de ce genre, par les deux volumes qui pré-
cédent immédiatement ceux que vous avez donnés.

Vos Extraits, MONSIEUR, & les Eloges des
Académiciens que la mort enlève à votre célèbre
Compagnie, aſſurent l'immortalité de vos Confrè-
res : mais avant que d'être appliqué à cet emploi,
vous aviez aſſuré la vôtre par un ouvrage que la
difficulté de l'entrepriſe, le mérite de l'exécution,
& principalement la nature des motifs qui vous
l'ont fait entreprendre , rendront à jamais eſti-
mable. Vous comprenez que j'ai en vûe la traduction de l'Anti-Lucréce. Son illuſtre auteur,
à qui j'ai vû autant d'admirateurs à Rome , que
parmi nous, s'étoit propoſé de réfuter un ſyſtème,

dont les funestes progrès allarmoient sa religion. Mais c'étoit en vain qu'à la force des raisonne-mens il avoit joint les graces de l'Elocution & le charme de la Poësie ; cet ouvrage admirable, connu d'un petit nombre de personnes, à qui la Langue latine est encore familière, auroit trouvé peu de lecteurs, si un interpréte aussi fidèle qu'élégant ne l'avoit mis à la portée de tout le monde. En le traduisant, MONSIEUR, vous en avez étendu l'utilité ; & par-là vous partagez avec M. le Cardinal de Polignac la gloire d'avoir éclairé les hommes sur le point qui les intéresse le plus essentiellement. Ce n'est pas seulement par votre traduction, que vous avez rendu cet important service à l'Humanité : la Préface qui est à la tête, & que je ne craindrai pas de nommer votre Chef-d'œuvre, doit être regardée comme un des plus précieux monumens que la Raison ait élevés à la Religion.

L'Académie qui depuis son institution a toujours exigé plus scrupuleusement dans les Sujets qu'elle s'associe, de la vertu & des mœurs, que des talens & des lumières, vous voit avec plaisir remplacer M. de la Chaussée, dont tous les écrits respirent & les mœurs & la vertu. Ce que vous avez dit du caractère de ses Pièces, où le spectateur trouve, en effet, plus de leçons que d'écueils; ce que vous avez dit de la pureté de son style, de la facilité de sa versification, de l'art de ses intrigues, de la simplicité de ses dénouemens, rend inutile le détail où je pourrois entrer pour son éloge.

Venez donc , MONSIEUR, jouir le premier
du singulier avantage de voir votre nom inscrit
dans nos fastes à la suite de celui d'un Petit-Fils
du grand Condé , qui pour l'honneur des Lettres
& celui de l'Académie , a cru que ce seroit ajou-
ter à sa gloire , que de joindre les lauriers du Par-
nasse à ceux qu'il cueillit si souvent dans les champs
de Mars. Venez nous aider à célébrer un événe-
ment dont n'auroit jamais osé se flater ce grand
Cardinal notre Fondateur, malgré tout ce que son
vaste génie sçavoit donner d'étendue à ses vûes &
à ses projets. Venez enfin nous rappeller les merveilles d'un règne que les siècles futurs mettront
à côté de celui de LOUIS XIV , & dont vous
êtes chargé de transmettre le tableau à la postérité , dans l'explication historique des Médailles qui
en consacrent les principaux événemens. Le choix
qu'un goût éclairé a fait de vous , MONSIEUR ,
pour ce travail , n'étoit pas sans doute le moindre
de vos titres , pour aspirer à la place que l'Académie vous accorde aujourd'hui.